Collection dirigée par Philippe Nessmann
Iconographie : Sidonie Reboul
Maquette : Studio Mango

Loi n°49-956 du 16 juillet 1949
sur les publications destinées à la jeunesse
Dépôt légal : février 2005

Imprimé en France par PPO Graphic, 93500 Pantin
www.editions-mango.com

Kézako ?

La Lumière

Textes de Philippe Nessmann
Illustrations de Peter Allen

MANGO JEUNESSE

Peux-tu imaginer un monde sans lumière ? Ce serait la nuit partout et tout le temps. Heureusement, la lumière existe et nous éclaire ! Mais de quoi est-elle faite ? Comment le Soleil la fabrique-t-il ? Et comment un appareil photo l'attrape-t-il ? Avec Manon et Quentin, réalise les expériences de ce livre et la lumière n'aura plus de secrets pour toi !

LA LUMIÈRE, C'EST QUOI ?

Des rayons de soleil dans un sous-bois, quel joli spectacle ! Mais pourquoi certaines parties de la route sont-elles éclairées et d'autres pas ? Pourquoi la lumière n'éclaire-t-elle pas tout ?

Fabrique un jeu d'ombres

1 Sur le carton, dessine un oiseau, un chat, un chien, un poisson…

Il te faut :

- du papier cartonné
- des pailles
- du ruban adhésif
- un crayon et des ciseaux
- une lampe de poche

2 Découpe les animaux. Scotche chacun d'eux au bout d'une paille.

3 Dans une pièce obscure, place la lampe de poche allumée à un mètre d'un mur blanc.

4 Tiens des animaux par la paille et intercale-les entre la lampe et le mur. Joue avec leurs ombres.

Tu as fabriqué un théâtre d'ombres ! Voilà ce qu'il se passe : l'ampoule de ta lampe de poche fabrique de la lumière. La lumière est faite de petits grains d'énergie appelés photons. Ils partent de l'ampoule et filent en ligne droite. Lorsqu'ils ne rencontrent aucun obstacle, ils arrivent sur le mur et l'éclairent. Lorsqu'ils rencontrent un animal en carton, ils cognent dessus et s'arrêtent. Derrière, il n'y a pas de lumière : tu peux voir l'ombre de l'animal sur le mur.

Dico

La lumière est faire de grains : les photons. Les physiciens comparent aussi la lumière à une onde. Cela permet de comprendre comment se forment les couleurs.

QUE LA LUMIÈRE SOIT !

Un feu de camp, une ampoule allumée et le Soleil fabriquent de la lumière. Mais tous les trois ont un autre point commun...

Fabrique de la lumière

Il te faut :
- du fil électrique
- un couteau
- une bougie
- un adulte

1 Demande à l'adulte de couper un morceau de fil électrique de 10 cm et de le dénuder sur 5 cm. Replie tous les petits fils de cuivre, sauf un.

2 Dans une pièce obscure, demande à l'adulte d'allumer une bougie.

Vrai ou faux
Certains animaux fabriquent de la lumière.

Vrai. Les lucioles, par exemple, sont des insectes qui cherchent à se séduire en clignotant. La lumière qu'elles fabriquent est due à une réaction chimique qui se produit dans leurs corps.

3 Laisse le fil quelques secondes dans la flamme. Le vois-tu rougir ? Et si tu l'enlèves ? Ne le laisse pas trop longtemps dans la flamme, il risquerait de fondre.

Le fil de cuivre chauffé devient rouge et lumineux. En effet, au contact de la flamme, le cuivre s'excite tellement qu'il se met à produire des photons. Il devient alors lumineux, même dans le noir. Dès qu'il refroidit, il s'éteint. La lumière est souvent produite par de la chaleur : c'est le cas avec le filament d'un ampoule, la flamme d'une bougie et les gaz surchauffés du Soleil.

DES OBJETS ÉCLAIRÉS

Regarde autour de toi : il y a un livre, une table, des chaises… Puisque tu vois ces objets, cela veut dire qu'ils envoient de la lumière vers tes yeux. Mais, cette lumière, la fabriquent-ils eux-mêmes ?

Essaie de voir dans le noir

Il te faut :

- une lampe de poche
- une cuillère remplie de talc
- une salle de bains

1 Va dans la salle de bains et fais l'obscurité complète. Pose la lampe de poche allumée sur le rebord du lavabo.

2 Tiens la cuillère de talc devant ta bouche. Souffle doucement pour que le talc s'envole dans la lumière. À quel moment le vois-tu ?

Le sais-tu ?

Le Soleil fabrique énormément de photons. Ils traversent les nuages, rebondissent sur le sol, les arbres ou les murs. Ce sont eux qui, en entrant dans les maisons par les fenêtres, nous éclairent pendant la journée.

3 Toujours dans l'obscurité, ouvre le tiroir d'un meuble. Que dois-tu faire pour voir ce qu'il contient ?

Ta lampe de poche fabrique sa propre lumière : c'est pour cela que, dans le noir, elle t'éclaire. Un gant de toilette ou du talc n'en fabriquent pas : c'est pour cela que, dans le noir, tu ne les vois pas. Pour les voir, tu dois les mettre dans la lumière de la lampe de poche. Les photons qui partent de l'ampoule rebondissent alors sur le talc ou le gant de toilette, puis filent vers tes yeux. Le talc et le gant deviennent visibles.

Ô MON MIROIR

Pour vérifier qu'on est bien coiffé, hop ! un coup d'œil dans le miroir. Mais au fait, pourquoi peut-on s'y voir ?

Fais rebondir la lumière

1 Dans une pièce sombre, pose la lampe de poche sur une table, pas très loin du grand miroir.

Il te faut :
- une lampe de poche
- un ou plusieurs petits miroirs
- un grand miroir accroché au mur

2 Prends un petit miroir et place-le dans les rayons de lumière. Vois-tu une tache de lumière apparaître sur le mur ?

3 En bougeant ton miroir, déplace la tache jusque sur le grand miroir. Regarde derrière toi, tu devrais voir une autre tache.

4 Si vous êtes plusieurs, prenez chacun un miroir et faites une chaîne…

Lorsque tu places le miroir dans la lumière de la lampe, elle rebondit dessus comme une balle heurte le sol. La lumière part alors dans une autre direction. Et si tu diriges cette lumière vers un deuxième miroir, elle rebondira une deuxième fois… C'est parce que la lumière rebondit sur les miroirs que tu peux t'y voir. L'image de ton visage rebondit puis revient vers tes yeux. Tu te vois !

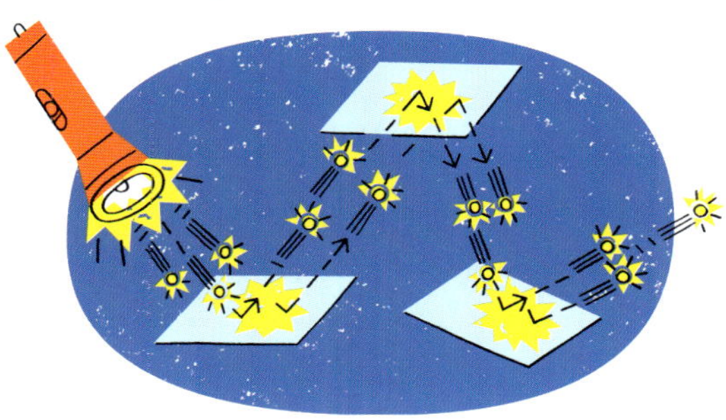

Le sais-tu ?

En 1969, des astronautes ont placé un miroir sur la Lune. Depuis la Terre, on y a ensuite dirigé la lumière d'un laser. Elle a mis moins de 3 secondes pour faire l'aller-retour. Dans le vide, la lumière va à la vitesse de 300 000 km par seconde !

CHANGEMENT DE DIRECTION

Lorsque tu regardes un nageur
dans une piscine, il paraît tout petit.
C'est une illusion d'optique.
La lumière nous joue un drôle de tour !

Fais apparaître une pièce !

1 Scotche la pièce de monnaie au fond de la petite casserole, près d'un bord.

Il te faut :

- une pièce de monnaie
- du ruban adhésif
- une petite casserole
- une grande casserole remplie d'eau

2 Assieds-toi à une table. Pose la casserole dessus pour que la pièce soit vers toi.

Que suis-je ?
Je suis une illusion d'optique qui se produit parfois dans les déserts chauds. Je suis…

Un mirage. Parfois, les voyageurs voient une oasis près d'eux alors qu'en réalité elle est loin. La raison : à cause des différences de température, la lumière est déviée par l'air et crée une illusion d'optique.

3 Approche-toi pour voir la pièce. Maintenant, recule-toi juste assez pour que la pièce disparaisse derrière le rebord de la casserole. Ne bouge plus !

4 Demande à quelqu'un de vider l'eau de la grande casserole dans la petite. Vois-tu la pièce réapparaître ?

Lorsque la casserole est vide, tu ne vois pas la pièce. Elle est cachée par le bord de la casserole. Les photons qui partent de la pièce vont tout droit : ils ne peuvent pas contourner la bord et n'arrivent pas jusqu'à tes yeux. Avec de l'eau dans la casserole, c'est différent. Lorsque les photons passent de l'eau à l'air, ils changent de direction. Ils contournent ainsi le bord de la casserole et parviennent jusqu'à tes yeux : tu vois alors la pièce.

LES LENTILLES

Pour bien voir des petits détails, une loupe, c'est utile. Si tu n'en as pas, fabriques-en une !

Fabrique une loupe

Il te faut :
- un grand plat en verre à fond plat
- un verre d'eau
- une cuillère
- un journal

1 Pose le journal sur une table bien éclairée. Puis le plat en verre sur le journal

2 Trempe la cuillère dans le verre d'eau. Mets des gouttes d'eau un peu partout sur le plat : des petites, des moyennes, des grosses.

3 Regarde les lettres du journal à travers l'eau et déplace le plat. Toutes les gouttes grossissent-elles les lettres de la même manière ?

Vrai ou faux ?
Certaines lentilles rétrécissent les objets au lieu de grossir les objets.

Vrai. Les lentilles concave (en creux) rétrécissent les objets. Les lentilles convexes (en bosse) les grossissent.

Plus les gouttes sont bombées, plus elles grossissent les lettres. Tu as fabriqué des loupes ! Pour comprendre comment elles marchent, souviens-toi de l'expérience de la page précédente : quand la lumière passe de l'eau à l'air, elle change de direction. La lumière en provenance du journal est déformée par l'eau et les lettres paraissent plus grosses. Il se passe exactement la même chose avec une loupe en verre.

C'EST DANS LA BOÎTE !

Clic, clac ! Rétros ou ultra-modernes, les appareils photo fonctionnent tous de la même façon. Ils ont besoin d'une chambre noire et d'un petit trou pour capter la lumière.

Confectionne une caméra

Il te faut :
- une brique de lait ou de jus de fruit vide
- un couteau pointu
- du papier calque
- du ruban adhésif
- une épingle

1 Avec le couteau, découpe dans la brique une fenêtre aussi grande que tu peux. Scotche un morceau de papier calque sur la fenêtre.

2 Retourne la brique. Au milieu de l'autre face, perce un petit trou avec l'épingle.

Le sais-tu ?
Les appareils photo possèdent une lentille devant le trou de la chambre noire. Elle permet de régler la netteté de la photo.

3 Un soir, tiens la boîte près d'une lampe allumée, le trou face à l'ampoule. Vois-tu l'ampoule apparaître sur le calque ? Que remarques-tu ? Essaie sur d'autres ampoules.

Sur le calque, tu vois apparaître l'ampoule à l'envers ! La lumière qu'elle fabrique passe à travers le petit trou. Mais du même coup, l'image s'inverse : le haut devient le bas, la gauche devient la droite. Les appareils photo fonctionnent ainsi : il y a une chambre noire, un trou par où passe la lumière et, au fond, une pellicule ou des cellules électroniques sur lesquelles l'image se forme et est enregistrée. Elle apparaît à l'envers, mais ce n'est pas grave : il suffit de retourner la photo !

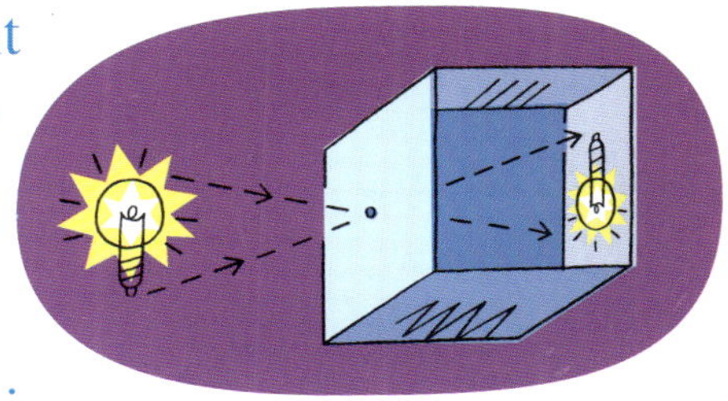

MON ŒIL !

As-tu remarqué que la pupille des chats n'avait pas toujours la même forme ? Parfois, c'est une mince bande au centre de l'œil. Parfois, elle est beaucoup plus large et forme presque un rond. Sais-tu pourquoi ?

Rétrécis ta pupille

Il te faut :

- une lampe de poche
- un miroir
- un copain (si possible avec des yeux clairs…)

1 Dans une pièce peu éclairée, regarde la pupille de l'un des yeux de ton copain.

2 Approche lentement la lampe de poche allumée de l'œil. Sa pupille change-t-elle de taille ?

Que suis-je ?
Lorsqu'il y a trop de lumière, tu nous mets sur ton nez et nous te protégeons les yeux. Nous sommes…

Des lunettes de soleil. Au bord de la mer ou au ski, il y a beaucoup de lumière. Tes pupilles, même rétrécies, laissent encore passer trop de lumière. Pour ne pas avoir mal aux yeux, il faut mettre des lunettes de soleil.

3 Toujours dans une pièce peu éclairée, regarde la pupille d'un de tes yeux dans un miroir. Éclaire-la et observe.

Lorsqu'il y a beaucoup de lumière, la pupille rétrécit. Ton œil fonctionne comme la boîte noire de la page précédente. Au fond, il y a la rétine, qui est une sorte d'écran, sur laquelle se forme l'image. Devant, il y a un trou qui laisse passer la lumière : la pupille. Dans la pénombre, ta pupille s'agrandit automatiquement pour laisser passer un maximum de lumière. En plein soleil, elle rétrécit pour que tu ne sois pas ébloui.

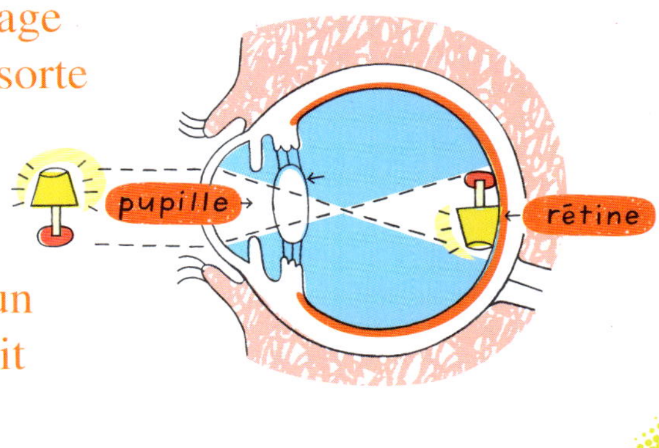

POUR LA VIE !

Les serres sont toujours en verre ou en plastique transparent. Cela permet de laisser passer la lumière. Car, pour bien grandir, les plantes en ont absolument besoin.

Fais pousser des lentilles

Il te faut :

- un verre d'eau
- des lentilles à manger
- deux coupelles
- du papier essuie-tout

1 Mets une poignée de lentilles dans le verre d'eau. Laisse-les-y une nuit.

2 Plie une feuille d'essuie-tout en quatre et pose-la au fond d'une coupelle. Place dix lentilles dessus et arrose-les bien sans les noyer. Recommence avec l'autre coupelle.

3 Mets une coupelle sur une table et l'autre dans l'obscurité d'un placard fermé.

4 Laisse-les une semaine, en arrosant chaque jour si le papier sèche. Les lentilles ont-elles la même couleur ?

Les lentilles du placard poussent jaunes. Et si tu les y laisses trop longtemps, elles finiront par mourir… Pour vivre, les plantes ont en effet besoin de lumière. Grâce à elle, les feuilles fabriquent une matière verte qui les aide à grandir : la chlorophylle. C'est pourquoi les lentilles sur la table sont vertes. Toutes les plantes ont besoin de lumière pour vivre. As-tu remarqué que, pour avoir un maximum de lumière, tes lentilles se penchaient vers la fenêtre ?

Et si, un jour...
il n'y avait plus de lumière

Soudain, l'écran de cinéma s'éteint au beau milieu du film.
— Bah..., s'étonne Quentin, qu'est-ce qui se passe ?
Dans le noir, il se tourne vers Manon.
— Pourquoi il ne montre pas la fin de *La Nuit du bébé vampire* ! Il y a le son mais plus l'image !

— C'est étrange, répond Manon, les lumières des sorties de secours se sont éteintes...
— Et la lumière de ma montre ne marche plus... Il n'y a plus de lumières ! Maman, qu'est-ce qui se passe ?
Mais la mère de Quentin ne répond pas.
Elle était pourtant assise à côté d'eux...
— Maman ! Tu es là ?... Tu es sortie ?

Dans l'obscurité, Quentin et Manon sortent du cinéma, main dans la main. Dehors, il fait nuit, bien que ce soit l'après-midi : le Soleil est éteint !
Les feux tricolores et les lampadaires aussi.
— C'est un cauchemar ! Il n'y a plus aucune lumière. Comme si on était aveugle !
Comment va-t-on faire pour retrouver ma mère ?
Et le chemin jusqu'à la maison ?
— Asseyons-nous et attendons ! propose Manon.

— Tu crois que ça va durer longtemps ? s'inquiète Quentin.
— J'espère pas ! On ne peut pas vivre longtemps sans lumière. Les plantes en ont besoin pour vivre. Sans lumière, elles mourront. Puis ce sera le tour des animaux qui se nourrissent de plantes... Impossible de vivre sur une planète sans lumière.
— Dis-moi que c'est un mauvais rêve !

— Et voilà que j'ai froid, remarque Quentin tout frissonnant.
— C'est normal. La lumière du Soleil réchauffe la Terre. Sans elle, la température baisserait tellement que toute l'eau des océans gèlerait !
— Mais c'est un vrai cauchemar ! s'exclame Quentin. Dis-moi que c'est un cauchemar !

Soudain, la lumière revient. Quentin regarde autour de lui. Mais... il est dans le cinéma. Sa mère et Manon sont là, à côté. Quel soulagement !
— Eh bien, lui dit Manon, tu as des petits yeux. Tu t'es endormi ? Tu as eu tort, *La nuit du bébé vampire*, c'était effrayant !
— Oh, j'ai pas besoin de ça pour avoir peur ! En tout cas, je suis bien content que la lumière soit revenue !

Dans la même collection

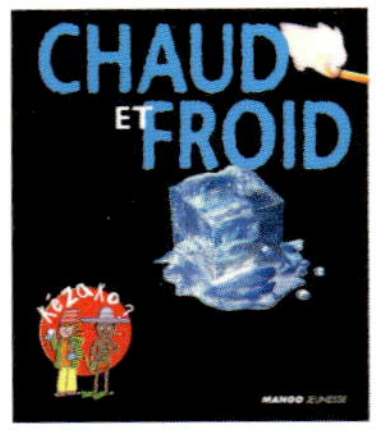

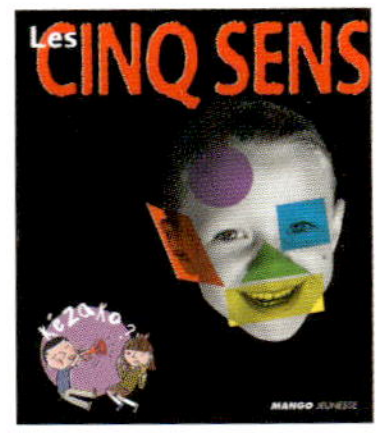

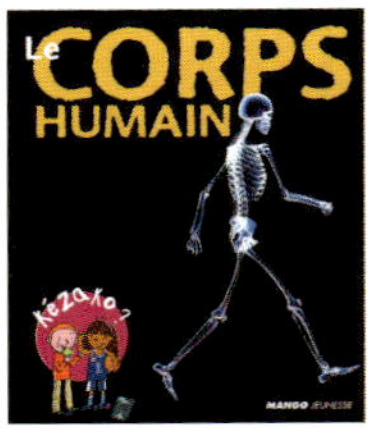

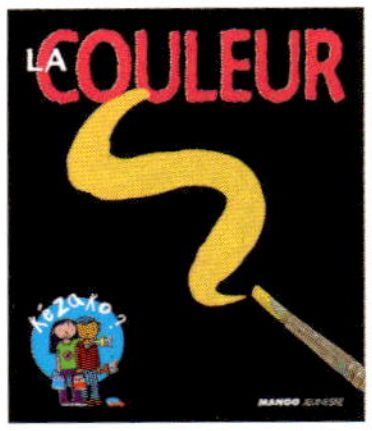

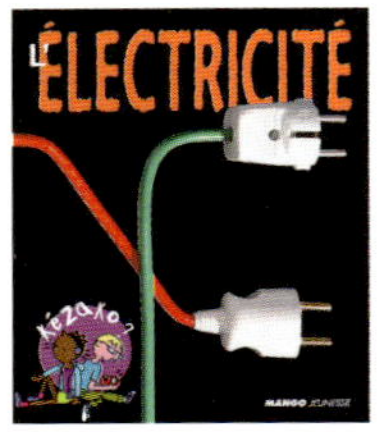

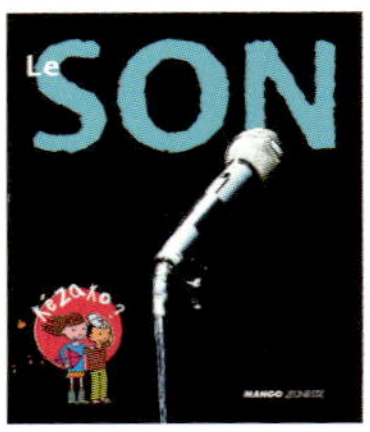

Crédit photographique

Couverture : THE IMAGE BANK / GETTY IMAGES

Page 2-3 : PHOTO BANK YOKOHAMA / HOA QUI
Page 4 : OWEN FRANKEN / CORBIS
Page 6 : TAXI / GETTY IMAGES
Page 8 : PHOTEX / Z.GOLD / ZEFA / HOA QUI
Page 10 : REINROFF / HOA QUI
Page 12 : LLUIS REAL / AGE FOTOSTOCK / HOA QUI
Page 14 : STONE / GETTY IMAGES
Page 16 : TERESA PONSETI / AGE FOTOSTOCK /HOA QUI
Page 18 : STONE / GETTY IMAGES
Page 20 : JEAN-CLAUDE MOSCHETTI / REA